ライトゲージ

うるし山千尋

ライトゲージ　目次

Ⅰ　ライトゲージ

Ⅱ　花火の端っこが消えるにおい

Ⅰ　ライトゲージ

ライトゲージ

二十年ぶりに
弦を巻く
サイレントギターという
音の鳴らないギターに
弦を巻く
やわらかい
弦は
空気のような他人の
風景のような
音が混じる

四月十九日
街はしずかで
選挙はきこえてこない
田舎もしずかで
牛も鶏も鳴かない

人は死んでいく

暇が窓枠のかたちをしている

浜辺に不良を数えながら

――不良

しかし
あれだねえ
不良というのは
群れるものだねえ
とおまえは言う
わたしもむかしは
不良になりたかったものだ
と言うと

不良はむずかしいからねえ
と言う
いつまでも
ふたり並んで
海はうすら赤い

―砂浜

砂浜には
ペットボトルと
白い流木と
風
あとは

あからさまな
不良たちがいて
不良たちは
とうぜん複数形で
つるんでは
絡まっていて
だけど
だからといって積極的に
群れているのではなく
遠くからみると
二十一世紀に
わざわざ暮れにゆく
途方の塊
のようにみえた

—落陽

素肌に
龍虎《りゅうこ》のスカジャン
変形学生服や
太宰みたいなのが
波打ち際から
または落陽から
きりもなく溢れでて
わたしたちは
たくさん数えたけれど
たくさん数えすぎて
どこまで数えたかわからなくなって

たくさん
忘れてしまった
むしろ群れているのは
わたしたちの
たくさん数えてきたという　その
たくさんの意味で

——軽石

お腹が減ったから帰ろうと
おまえは言う
軽石はもういっぱい拾ったから
家に帰ろう

と言う

軽石を拾っては粉にして
わたしたちは
そういう生活をしているのだけど
軽石はいくら拾っても軽いので
どれだけ集めても
すかすかなので
浜辺で不良を数えながら
軽石のなかにある
軽石であることのおびただしい欠缺《けんけつ》に
埋める風景は足りなくて
軽石はもういっぱい拾ったから
家に帰ろう

—海

おなじようなことを何度も言う
おなじことを
おなじような言い方で
おなじようなことを
おなじ言い方で
わたしたちは
何度でも言う

軽石はもういっぱい拾ったから
はやく家に帰ろう

不良は尽きた
不良たちは尽きた
あとは
残響のない
浜辺があるだけ

海の向こうには
また陸があるだけ

—並木

陽は射しているのだけど
風のある朝

冬の堤防沿い
付箋《ふせん》のはられた
ひくい椰子の並木があって
これはなんだろうね
と子どもらが言う

浅黄色《うすきいろ》の付箋はぺらぺらしていて
しゃべるだけで
はがれていきそうだ

自分の記憶よりも
すこしだけふるいところに
並《な》べてはじまりがあるような
付箋のはられかた
そして

はがれかた
これはなんだろうね
と子どもらは言う

——もういっぱい拾ったから
　はやく家に帰ろう

なにかはわからないけれど
波よりもおおきな声で
数えてはいけないよ

神様の余分

だいたい
右だよう
迷ったときは
だいたい右だよう
と　あたまのなかの
神様の声がする

神様は幼い時分から
いつも右のあたまのなかにいて
そのときどきで

適当に
道を教えてくれる

パチスロ屋のかどを
右へ曲がる
そこにもまた
あたまのなかの
まとまりの薄い神様がいる
まとまりの薄い神様はたいてい
体によくない煙を吸っている
足元に相を違《たが》えた
余分な影を
二つ三つ揺らしていて

今日もほどけていますねえ

わたしが話しかけると
ほどけているよう
と　神様は言う
もうほとんど輪郭はないけれど
波紋のようなものすごい笑顔で
ほどけているよう
ほどけているよう
と
二度三度言う
そのときわたしは
いつかほんとうにあたまのなかの神様が
ほどけてしまう日のことを思う

タトゥーのような
蘇鉄《そてつ》の影

欄間からもれる
ふくざつな光
潮のにおい
わたしも神様も
おそらくその日はもう
ひとつの人称のなかにいて
いちばん最後にほどけそうな
くるぶしのあたりを
そっと眺めている

偽《にせ》路上

正午まえ
遮断機の影と
身幅《みはば》が
かさなっていくのと
ほどけていくのがいっしょになって
その境目が
わからなくなるときがある

フェンス越しにみる
自動車学校跡地の路上には

青い砂が舞う

いつかのフェリー

ふかい
いつもより
緑色した
水平線に消えていく
おそい
フェリーをみながら
あのフェリーの行き先が
もしも　未来だったら
どうする？
とおまえが訊いたので

しばらく考えて
どうしよう
と返すと
なんだかフェリーこわいね
とおまえは言った

堤防には
釣り人たちがいて
これは嘘ではないか
というくらいたくさんいて
だれもフェリーを
みていない

詫びる

陽が射して
それが三階建てのフェリーに反射して
頬の皮膚が痛い
わたしたちは待っている
迎えがくるのを待っている
在りもしない祝日のように
もうずっと待っていて
こういうのを待ち詫びる
と言う

嘘言ってみろよ
とおまえが急に言う
そんなに急に嘘はつけない
と言うと
嘘つけ、嘘はいつでもつけるはずだ
と返してくる
ああ、嘘はいつでもつける、だから
急に嘘はつけない、という
今のこの言葉自体がすでに嘘だったのだ
ばばーん（効果音のように）
と言ったらおまえは
しまった、ほんとうに嘘をつかせてしまった
と白い顔をした
やったあ（吹き出しのように）
とわたしたちは言って

遊んだ

すこし離れた花壇のブロックに座って
そこは影だから涼しい
他人の生活の上に
大きなバルーン広告が浮いていて
住宅の展示会かなあ
ぼんやり口を開けて見上げていたら
おまえはわたしの口に
ぐいぐい右人差し指をねじ込んでくる

耳

鳥の声だろうか
海から声がきこえた
新しくなつかしい感じがする
その感じは同じ音をもってしても
二度とやってこないような気がした
新しくてなつかしいから
そういう気がした

新しくなつかしい声が
一回限りの生に組み込まれながら
まるで金属のような
質感のなかで振動している
わたしの耳は古い

押してみよう

押してみよう
エレベーターの降りボタンを左手の薬指で押してみた
慣れない指では中心をうまく押せない
半透明のボタンは傾いたまま沈み
そのまま固まった
まるでエレベーターの軸ごと
ゆがめてしまったようで具合が悪い
薬指ではなく人差し指で押せばよかったのに
とおまえは言う　だけど

もう押してしまった
あえて　押してしまったのだ
砂のような出来心で　結果
エレベーターは軸をゆがませ
軌道をゆがませ
ゆがんでいるにもかかわらず
なぜこんなにも時間は滑らかなのだろう
と口にすれば　その言い方すらすでに
どこか奇妙な感じにゆがんでいて
あたりまえに人差し指で押せばよかったのに
とおまえがまた言う
だから　だけど
もう押してしまったのだ　いつまでも
押してしまったのだ　発語《ほつご》と心中するように
遅い朝が降りてゆく

半旗のようなところから
さらに降りてゆく

発語

発語《ほつご》のために
未来と折り合いをつけている

そういう夢をみた　夢は
ＬＥＤのドット
裏から透けてみえる
ことばはなかったけれど
咽喉《のど》のかたちがあった
ふるい過去のかたちだった

過去はいつも
細部が動いている
交流と
貿易みたいなものだろうか
わたしは履歴がほしいわけではなく
その動脈が知りたかった

さて
朝は覚めても冷たいまま
いっこうにはじまる気配はない
さて　の最初のひと言で
時間そのものになる夢をみた

時間そのものになると
夢は夜明けよりも長くなる

バス停ではないけれど

バス停は
きょうも静か
時刻表は
雨にぬれない
組まれ方

列の最後にならんだ老婆だけが
雨にうたれている
傘もささず
六月のこわばりのなかで

銀色のピアスと
左手中指に提げたドラッグストアの袋から
生まれたばかりのような
とろみが垂れている

これからバスは老婆をのせて
海沿いの町道を行く
昏《くら》い
内湾に閉じた一車線
分院前で信号にかかると
かすかに口のなかのにおいがして
住家の近いことを知る

そこはバス停ではないけれど
町でたったひとつの信号なので

運転手はあくびをしながら
ドアを開けた

わたしが疎明する夜に

おもむろに
円周率を唱えはじめた
ひとり
またひとり
居酒屋で
ほろ酔いで
窓をあけると
室外機のファンが
おうおうとしていて
ひとにはそれぞれ思想があり

事情があり
あなたもですか
と問われれば
です　です（ＹＥＳ　ＹＥＳ）
と　応《こた》えはするのだけど
それが何の苦しみかは無理に考えず
ひとり
またひとり
割り切れないものを並べあう
そういう　たとえば
無限のような
切実さについて
わたしが疎明《そめい》する夜に
前触れもなく
山は噴火し

噴煙にはもう慣れた
麓の人びとが
それをみたり
みなかったりした
絆《ほだ》されたり
放ったりした
熱い灰や
枯れた水渋《みしぶ》のうえで
死ねば死にきりで
夏を終えるという
わたしたちの半島では

オリンピック

アーケードの
小さな定食屋で
壁に貼ってあった
ポスターをみて
オリンピック中継で
これをみたことがある
とおまえは言った

どこかの国旗に
似ているなあ

と言う
見覚えはあるが
シンプルすぎて
たよりない

いつのオリンピックだ
と訊いたら
何年か先の
夏か
冬の
オリンピックだ
と言う

どっちだ
そのとき暑かったか

寒かったか
と訊くと
先のことだから
わからない
と言う

いまは暑くも寒くもないから
きっとわからない

高速船から

高速船に乗りたいねえ
と言ってみた。
だけど、ほんとうはそれほど高速船に興味はなかった。
離島行きの高速船に乗ったら
歌を歌いたいねえ
とおまえが言った。

◇

歌は聴きたいと思った。高速船には興味がないけれど、歌は聴きたいと思った。高速船で聴くのであれば、おまえの歌ではなく本物の歌を聴きたいと思った。

◇

歌を歌うひとたちがいる。

歌を歌うひとたちはどこにでもいて、そういうひとたちがいるから歌は流れている。歌は途切れない。だけど、途切れないのは確かだけど、かねてからこう思うのだ。「歌は遠い」と。わたしは音をうまくつかめないから、歌というものはひとつの気配にすぎない。いつも遠い気配であるにすぎない。

すべての歌は挽歌であると誰かが言ったという話を聞いたことがある。挽歌というのはどこか遠いところから聴こえてくるような気がする。ひとが死んでも泣かないわたしのところから歌は遠く、生きているひとの歌は聴こえない。みることもできない。ただ、遠い気配としてある。

◇

ところで今、「歌をみることもできない」と言った。歌は聴いたり歌ったりするもので、みるものではない。だけど今、「歌をみることもできない」と言った。「歌は遠い」と言ったことよりも、「歌をみることもできない」と言ったその言葉のほうが、大事なことのような気がした。大事であるとか、大事かもしれないとか、六年前からよくそういうことを考えるようになった。そういう詩を、二つ三つ書いた覚えがある。詩を書いたのは、あるいは六年前ではなく、七年前だったかもしれない。

あたらしい家からは
歌がみえるかねえ
とおまえは言う

おまえの声は近くでみると
障子のようにざらざらした声をしている
障子は近くでみるとざらざらしている

といった感じだったと思う。

◇

きのう
猫らしきものを轢いた

正確には
死んだ猫らしきものを轢いた
猫らしきものは死んだあとも轢かれた
真っ暗な路上で
ひとつの比喩もなく
洗車場で
タイヤにこびりついた肉片を
高圧の水でこそぎながら
ここには
歌がないと思った
みるべき歌がないと思った
智慧がないとも思った
どうしてそんなことを思ったのか
ここには歌をみるということに対する
智慧がない

と思った
ホースから飛びだす
刃物のような水のうえに
声は
血も流さずに
凭《もた》れている
これは
大変なことかもしれない
と思った

◇

おまえが「あたらしい家からは歌がみえるかねえ」と言ったのは、おまえには歌がみえるということだ。声に頼りすぎているけれど、そういうことのように思えるし、そういうことのように思えることで辻褄が合うような気もする。そういえばむかし、「歌っていうのは、結露みたいにみえるねえ」と、おまえが漏らしたことがある。それもいま思い出した。

歌っていうのは、結露みたいにみえるねえ
とおまえが言う
そんなものかねえ
と思ったけれど
わたしには歌はみえないから
口には出さずに
白い氷を落とした
ハイボールを置いてみる
そうやってまた
新しい結露はつくられ
テーブルのうえで

グラスはすっと
おまえの側へずれていく
歌は四六時中
対面にあって
朝なのに真上から光が射す
ドライヤーの音が
喝采のように降り注いでくる
そしてその喝采のなかに
きのうがみえた

◇

きのう
半死の猿らしきものをみた

正確には
まだ生きている猿らしきものをみた
猿らしきものは車に轢かれたあとも生きていた
曇天の路上で
下半身は潰され
上半身はもがいていた
高く手を伸ばし
口からは血を吐いていた
ひとつの比喩もなく
口から吐いた息が
車のバンパーにふれた
汚いねえ
猿をよけながら
猿らしきものをよけながら
ここには

現実がないと思った
歌うべき肉体がないと思った
また輪郭がないとも思った
猿の口から吐かれた息が
皮膚を素通りして
脳に直に触れてくる
どうしてそんなことを思ったのか
それはわたしがそれをみていると思うからで
それにみられていると思うからで
現実はなかった
肉体はなかった
臭いすらなかった
脳はおきているのに
〈死にかけ〉をみるということに
本気さはなかった

◇

歳をとるということを考えるとおそろしくなる。

ひとが死んでも泣かないけれど、死にかけた猿から息を吹きかけられると泣きたくなる。猿は人間に似ているけれど、人間ではない。そうやって自分もまた人間であったり人間でなかったりしながら、いつの間にか歌を歌うひとたちのことを考えている。

人間でなかった時間も、歳はとるのだろうか。

人間は中断できるのだろうか。

◇

ハイボールを飲んでいる
ハイボールを飲むひとたちが夕景のなか
高速船に乗っていく
みんな高速船に乗っていく
不良のような立ち上がり方で
結露を拭い
おまえも乗っていく
海の向こうで　歌はいったい
どのようにみえるのか
こんなにざらざらしているのに
こんなに高速なのに

歌は
どこにみえますか

やっぱり
自分で歌ってしまうものなのですか

◇

やさしい薩摩切子の作り方
という本を借りた。

学習館で借りた。

写真や絵はなかった。

文字でないことが書かれてあるやさしい本はすべてなくなっていた。棋譜とか国土地理院とかフーガの技法とか、そんなものはすこしみることはできた。「すべて」とさっき言ったけれど、それはそう思い込んでいるだけで、いつも現実はそうでないかもしれない。

学習館はとてもしずかだった。

咽喉《のど》だけをふるわせて

ひとの嫌がる音を出した。

くれぐれ

坂の下の
新しい堤防沿いの道を
真冬のパーカーに
両手を預けたボクサーが
うつむいて歩いていく

すれ違うひとに会釈もしないので
おまえは遠くから
こんばんは
と

勝手に声を充《あ》てる

海は不良に乱れ散ったまま
くれぐれとしていて

こんばんは
日が暮れていくさまや
この頼りない
消え入りそうなこころのさまを
くれぐれ
と言うのだよ
とおまえはいつの間にか
ボクサーの影そのものとなって
口ではそう言いたいのだけど
減量中なので

からだはきっと
ご飯のことでいっぱいなのだ
繰り返し鳴るゴングの記憶を

数え直し続ける
その汀線《ていせん》を

時間を空《から》にしながら
辿っていく

そら

勝手口をでると
空が
馬鹿みたいに踊っている
海潟《かいがた》に
いやいや降ってくる
白くてたよりない初雪と
おぼえたての量子《りょうし》
その
ずっとずっと上のほう

もう　馬鹿みたいに
上のほう

Ⅱ　花火の端っこが消えるにおい

ホームラン

ふるい時計を
分解する
あたらしい時間と
綯《な》い交ぜにする

秒針と
それから天井の
薄ぼんやりした照明の暈《かさ》を
交互にみやりながら

聞こえてくる
衛星放送の
プロ野球の解説が
なめらかだ

打てば歓声と
火薬の音がして
みんな夜空を見上げてしまうのだろうな

花火の数よりも多い
顔の数が
一瞬その顔をなくして
いっせいに

開頭

病院で
頭を開けてから
死んだ祖父がよくみえる
写真もみたことないけれど
父ですらみたことないのだけど
向こうから手を振ってくるのだから
あれはきっと祖父なのだろう
まっ白い病院の
歳をとらない
ひとなのだろう

祖父なのだから
祖父はむかし大陸で
戦争をしながら
しかし病気で死んだので
青白い髭を生やして
元気がないけれど
それがはっきりとみえるのは
わたしが頭を半分くらい
開けたからだ

手術から数日たって
左の耳の聞こえが気になる
いつもの准教授にそう言うと
准教授はまだ若いのに

朝の真面目な陽射しのなかにいて
接続の原理がなんたらという
夢のような話をされたあと
病院を去っていかれた

戦争と病気の詩は書けない
という詩を書いてから
もう七年経つ
埃や灰が入ってこないように
窓を閉めようと体を起こしたら
塀のうえで猫の目が虫を追う

無作為のにおい
七十億が去ったあとの
花火の端っこが消えるにおい

初盆

納骨堂の
門扉のまえに
だんご虫が
固まっている

寝ているのか
死んでいるのか
それとも　ただ
記憶に
丸まっているのか

それは
一ダースほどいる

わたしは
惰性ではない息の吐き方で
ダースという単位を
口にした

ひさしぶりに
ダースって言ったなあ

先のかたい
新しい竹箒で掃くと
はじかれて

十二匹ワンセットの軌跡で
飛んでいく

フェンスをこえて
丘をこえて
その先の
まるで来年のことのように

とおいところまで
飛んでいくなあ

いろいろな汚いもの

春は風が強い
いろいろな汚いものが飛んでくる
と気象庁のひとが言っていた
愚直にあいまいだねえ
と言ってみた
それから落とした箸を拾った

飛んできたものは吸いこんでしまうか
書きつけるしか手立てがないような気がする
量販店で買ったコピー用紙に

いろいろな汚いもの
と書いた
ドラマをみながら
二千回くらい書いた

午後からは風がやみ
夏のような日盛りになるという
あいまいに汚れた皿を洗い
すると　迷い猫がきた
朝釣《と》れたばかりの
やたら光る魚を銜《くわ》えてきた

家

猫を探していたので
猫を探しているのです
と誰かに言う
誰かが代わりに猫を探してくれるだろう
と思い
猫を探しているのです
と誰かに言う

むこうの家でみかけたよ
と誰かが言うので

むこうの家を誰かと訪ねて
猫はいませんか
とその家のものに言う
猫はいるにはいるけど
あなたの猫ではありませんよ
と家のものが言う

ではあなたの猫ですか
とわたしたちが訊くと
すくなくともあなた方の猫ではありません
と家のものが言う
でも猫はいるのでしょう
とわたしが言うと
猫はいると家のものたちが言う

やっぱり猫はいるのですか
とわたしは言う
ところで日が暮れました　今夜は
泊めてくれませんか
とわたしたちが言うと
たしかに日は暮れました
でも　あなた方の猫はいないのですよ
と家のものたちは言う
それでもかまいませんけど
とわたしは言う
なら　泊まってください
ただしわたしたちの家ではありませんけど
と家のものたちが言う

たとえあなたたちの家ではなくても

ここは家ですよねとわたしたちが訊くと
ここは家です
と家のものたちは言う
傷だらけの柱をみて
もう長いのですか
とわたしは訊く
おぼえていません
わたしたちの家ではないのですから
と家のものたちは言う

梁は焼かれた魚のように
人の頭のうえにたわんでいて
猫も人間も
たしかにいたような気がした

洗車場にて

洗車場は
ずいぶん混んでいる
洗ったばかりの車には
はやくも
灰が積もりはじめている

車を洗う人たちをみていると
飽きずにいられる
膝をぴっと伸ばしたまま
無理にからだをふたつに折って

ドアの下まで拭ききろうとしている人の
胸ポケットから
今まさに
スマートフォンがこぼれゆくさまを
隣のガソリンスタンドの若い女が
大きな目でみていて
その目のなかを
わたしはみていた

暮れ方

一万七千円の運動靴を買ったというので
法事のあと行ったら
みたことないような汚ねえ色をしていた
一万七千円もしたのに
汚ねえ色をしているねえと言ったら
税抜で一万七千円もしたのだから
とてもいい品だ
税が上がるまえに
ネットで買ったのだ
メーカー品だと言った

だけどそれはみたことないような
汚ねえ色をしていて
ブラウンに近いと思ったけど
ブラウンのようにきれいではなかった
ブラウンにゴボウを混ぜたような色だ
きっとそういう色だと言ったら
見慣れない大工が横から割って入って
死んだコオロギを鏝《こて》で延ばしたような色だ
と新しい感覚を言ったのだけど
そう言われたあとは
なんとなくそういう雰囲気になってしまって
もはやそういう色にしか見えなくなった
もう汚ねくはなくなった

途中から入ってきたその見慣れない大工は

土地の者ではなかったが
左官もやる人間であったので
鏝を用いた新しい感覚を言ったあとは
初めからそこに居たような扱いになった
だけどそもそも死んだコオロギって
いったいどんな色だろう
と大工に問うたら言葉を濁したので
なんだか怪しいと思って
そもそも死んだコオロギってどんな色でしょう
それはブラウンにゴボウを混ぜた色と一緒ではないですか
と攻勢にでると
大工は困った顔をした
そのとき
靴の持ち主がおもむろに立ち上がり
これは汚ねえ色ではない

人が死んで腐っていく色だ
壊れていく色だ
と空気に訴えるように言ったので
みんなそれぞれ空気の方をみながら
自分が死んで壊れていく日々を思った

その日々は限られた語彙のなかで
それぞれ真面目に死に埋没していて
おいおい壊れながら腐れながらではあるけれど
ふくざつな反復と仕上げによって
ただただ純粋な玉に磨き上げられていくような心地がして
だからもう
汚ねくはなかった
こわくはなかった
汚ねくはなかったし

こわくもなかったが
だからといってとりわけ美しいわけでもなく
みんな暮れ方まで
それぞれの空気の方をみていた

なぞる人（航路）

ベランダに
長タオルがある
足の剝がれた
蜘蛛がいる
海と　ほそく薄い町
遠くには
波頭が
方位のない朝に
立たされて
空には

飛行機雲
港
からは外国の船が
ようやく
錨を
あげる

みえているのは
航路
なのだと言う
航路はかつておまえが
舳《へさき》に思い描いたそのままだったけど
思い描くまえからすでに
夢であったように
どこかで

汽笛が鳴る
蛍光灯や
車いすの軋み
点滴のくぼむ音も
きこえてくる

なぞっておくれ
と言う
二度と起き上がることはできない
わたしの背骨のでこぼこを
指で　なぞっておくれ
とおまえは言う
その白く埋められた視力では
もうみることはできないだろうけど
さっきから

なぞっているよ
と言うと
そうか
と言う　ここは
まぶしい部屋だから
風景みたいな
痛みだから

窓には
御前さまのような
ひょろひょろ雲
沖
からは
ふざけて
たゆたう羽根の

風たちが
光たちが

返戻

休日に白いコピー用紙五枚と青の細いボールペンだけもって
市立図書館の隅の席で朝の十一時ごろからあとがきを書こうとしている
だいたい二時間くらい書こうとしている
あとがきは書こうと思ってもそうそう書けるものではないので
まずは書棚からできるだけ大きな本をもってきてページをめくる
ページをめくるのでマイ・バック・ページということばが浮かぶ
次にマイ・バック・ページという旋律が流れる
入り口のほうから静かに流れてくる

大きい本はたいがい写真集が多い

目が疲れないから大きな写真集は好きだ
四十歳を過ぎた頃から目が大人になって小さなことばはもうみえない
写真集はむかしの写真でできれば人がたくさん載っているものが好きだ
人の顔をみながらこの人はその後どうしたのだろうと思う
多くの人が集合写真をみながら思うこととおそらくおなじことを思う
おなじことを思うけれどそれがほんとうにおなじことかはわからない
写真集はそうならないように作られているような気がしてくる

図書館の窓にはブラインドがついている
本が焼けないようにそしてひとが焼けないように
まぶしくないように
午後になって陽が傾くと職員の人が角度を変えにやってくる
自分で角度を変えてもいいのだけど
自分一人の考えで変えると誰かが迷惑するかもしれない
わたしは生まれたときからその辺の加減がわからない

加減というか他人のほうがいつも〈知っているような〉気がする
今日はくもりで空は暗く感じる
だからブラインドの角度がそのままでも陽は射し込まない
今にも雨が降ってきそうだ、とすら思う
昼食をとりに一度席を離れた人たちがまた戻ってくる
図書館では音を出してはいけないのだけど
せわしく音を出してうるさく戻ってくる人たちもいる
迷惑な行為だけどそういう人たちを排除しない人たちがここにはいる
わたしもここにいる人たちに含まれているから排除はできない
そう思うと人間というのはつくづくおおざっぱなものだと思う
総体としておおざっぱな器だと思う

ようやく空のほうから雨が降ってきた
窓は今朝降った桜島の灰のこまかい粒子でよごれている
無理やり拭くと粒子でガラスに傷がつく

水で流すのが一番よいので雨はもっとざあっと降ってほしい
だけど雨は小雨なので水滴がぽつぽつとガラスに灰を含んで吸いつき
やがてすこしずつすこしずつ黒い水滴が下へ流れ
すこしずつすこしずつ別の水滴といっしょになって流れの筋ができ
流れは真下に流れるのではなくねじれながら一様ではなく片寄って流れる

目の前にキャパの写真集がある
水辺でヘミングウェイとその息子を撮影した写真だ
例によって近くにライフルもある
その後ふたりはいやキャパも含めて三人はどうしたのだろうと思う
多くの人が写真をみながら思うこととおなじことを思う
そしてわたしはあとがきを書かなければと思う
席を立ちキャパの写真集を書棚に戻しに行く
元の場所はそのまま本の厚みの分だけスペースが空いている
だから探しやすいし、そのために大きな本は存在する気がする

詩集は戻すには薄すぎる　そう思うと
目のまえをいま何かがすうっと通りすぎ
もう思い出せない
妙な感覚だけがあたまの端っこに残っていて
それがきのうとおなじことをしようとすると邪魔をする

いま写真集を「元の場所」に収めた
わたしは写真集を「元の場所」に戻したわけだけど
戻したというよりは返したという感覚のほうがなぜかいつも強い
戻すも返すもたいして変わらないのに
そういうことをいま書き終えようとしている
書き始めようとしているのかもしれない

初出一覧

「ライトゲージ」～「そら」　※「わたしが疎明する夜に」を除く　（「南日本新聞」二〇二一年三月二九日朝刊）
「ホームラン」　（『鹿児島県詩集　二〇一八年版』、鹿児島県詩人協会、二〇一八年一二月）
「開頭」　（『鹿児島県詩集　二〇一七年版』、鹿児島県詩人協会、二〇一七年一二月）
「わたしが疎明する夜に」　（『鹿児島県詩集　二〇二〇年版』、鹿児島県詩人協会、二〇二〇年一二月）
「なぞる人（航路）」　（『鹿児島県詩集　二〇一九年版』、鹿児島県詩人協会、二〇一九年一二月）

うるし山千尋（うるしやま　ちひろ）

1976年、鹿児島県肝属郡大根占町（現・錦江町）生まれ。

2006年「とどまる海とフェリーの七編」発表。翌年「半笑いの騎士たち」他十四篇で南日本文学賞。小作品集「世界はふたつあるのだから」（私家版、2010年）、詩集『猫を拾えば』（ジャプラン、2012年）、詩集『時間になりたい』（ジャプラン、2016年、現代詩花椿賞最終候補）、2021年「ライトゲージ」他十四篇で南日本文学賞。

ライトゲージ

発　行　二〇二一年一二月二八日　一刷
　　　　二〇二二年　三　月二五日　二刷

著　者　うるし山千尋

発行者　知念　明子

発行所　七　月　堂
東京都世田谷区豪徳寺一―二―七
電　話〇三（六八〇四）四七八八
ＦＡＸ〇三（六八〇四）四七八七

印刷・製本　渋谷文泉閣

ISBN978-4-87944-476-9 C0092